Palabras que debemos aprender antes de leer

balón

equipo

ganaron

juegan

timbre

www.rourkepublishing.com

Edición: Luana K. Mitten
Ilustración: Anita DuFalla
Composición y dirección de arte: Renee Brady
Traducción: Danay Rodríguez
Adaptación, edición y producción de la versión en español de Cambridge BrickHouse, Inc.

ISBN 978-1-61810-519-6 (Soft cover - Spanish)

Rourke Publishing
Printed in the United States of America,
North Mankato, Minnesota

www.rourkepublishing.com - rourke@rourkepublishing.com
Post Office Box 643328 Vero Beach, Florida 32964

Patéala, pásala, ¡anota!

Meg Greve
ilustrado por Anita DuFalla

El equipo de los Leones y el
de los Monos juegan fútbol
después de la escuela.

El equipo de los Monos
nunca gana.

—¡A mí!, ¡A mí!
¡Pásamela a mí!
—gritó el mono
Martín.

La mona Molina
corre al lado de
él y tropieza
con la pelota.

¡Ganaron los Leones!

Suena el timbre de la escuela. ¡Ya es hora de jugar fútbol!

ESCUELA PARA ANIMALES

—¡A mí! ¡A m
¡Pásamela a m
—gritó la mona Molin

El mono Martín corre
al lado de ella y se cae.

¡Los Leones vuelven a ganar!

Molina y Martín están enojados.

—¡Tú no pasas el balón! —dijo Molina.

—¡Tú no pasas el balón!
—dijo Martín.

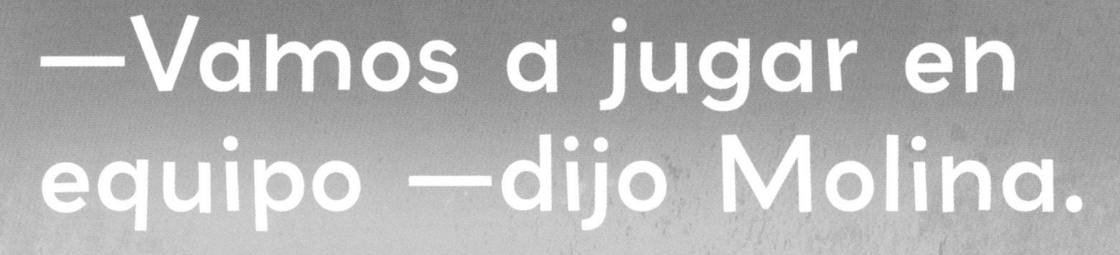

—Vamos a jugar en equipo —dijo Molina.

—Pasémonos el balón
—dijo Martín.

Martín y Molina patearon, pasaron y ¡ANOTARON!

¡Al fin, los Monos GANARON!

Actividades después de la lectura

El cuento y tú...

¿Por qué el equipo de los Monos seguía perdiendo?

¿Qué hicieron Molina y Martín para solucionar el problema?

¿Alguna vez has jugado en equipo?

¿Qué harías para ser un buen jugador en equipo?

Palabras que aprendiste...

Dile a tus amigos una oración usando las palabras que ahora conoces.

balón
equipo
ganaron
juegan
timbre

Podrías... practicar tu juego preferido con un/a amigo/a o con un grupo de amigos?

- Haz una lista con las reglas del juego.
- ¿Qué vas a necesitar para realizar el juego?
- ¿Dónde vas a realizar el juego?

Acerca de la autora

Meg Greve vive con su esposo, su hija y su hijo en Chicago. A Meg le gusta mucho ver cómo sus hijos practian deportes en equipo, ¡no importa si ganan o pierden!

Acerca de la ilustradora

Aclamada por su versatilidad de estilo, el trabajo de Anita DuFalla ha aparecido en muchos libros educativos, artículos de prensa y anuncios comerciales, así como en numerosos afiches, portadas de libros y revistas e incluso en envolturas de regalo. La pasión de Anita por los diseños es evidente tanto en sus ilustraciones como en su colección de 400 medias estampadas. Anita vive con su hijo Lucas en el barrio de Friendship en Pittsburgh, Pennsylvania.